AF399301

OTTO PIKAL

DAS OPFER IM GARTENHÄUSCHEN

novum pro

Bibliografische Information
der Deutschen Nationalbibliothek:

Die Deutsche Nationalbibliothek
verzeichnet diese Publikation in
der Deutschen Nationalbibliografie.
Detaillierte bibliografische Daten
sind im Internet über
http://www.d-nb.de abrufbar.

Alle Rechte der Verbreitung,
auch durch Film, Funk und Fernsehen,
fotomechanische Wiedergabe,
Tonträger, elektronische Datenträger
und auszugsweisen Nachdruck,
sind vorbehalten

Gedruckt in der Europäischen Union
auf umweltfreundlichem, chlor- und
säurefrei gebleichtem Papier.

© 2022 novum Verlag

ISBN 978-3-99131-001-3
Lektorat: Thomas Ladits
Umschlagfotos: Johannes Hansen,
Levon Martirosian | Dreamstime.com
Umschlaggestaltung, Layout & Satz:
novum Verlag

www.novumverlag.com

Die Hütte brannte lichterloh. Sie stand sehr einsam an einem Schotterteich, umgeben von Bäumen und Sträuchern. Kaum jemand hätte den Brand bemerkt. Das Holz war trocken und der Rauch hielt sich in Grenzen. Die nächsten Ansiedlungen waren Kilometer entfernt. Sie wäre unbemerkt niedergebrannt – wenn da nicht Überlebende gewesen wären.

Ein völlig verstörtes 16-jähriges Mädchen und ein etwa 30- bis 35-jähriger Mann. Er gab an, hier übernachten zu wollen. Beide wussten angeblich nichts voneinander und wurden von der Explosion überrascht. Die Hütte bestand aus drei kleinen Räumen, die jeweils einen eigenen Eingang hatten. Das Mädchen wollte angeblich eben die Hütte durch den Vordereingang verlassen, während der Mann durch den Seiteneingang eintreten wollte.

Sie waren von der Druckwelle ins Freie geschleudert worden. Dadurch waren sie zum Glück unverletzt geblieben.

Dann war da noch ein jugendlicher Zeuge, der sich zur Zeit des Unglücks mit seinem Fahrrad am Rand des Grundstücks hinter der Hütte befunden hatte.

Als die Feuerwehr und die Polizei anrückten, waren nur mehr verkohlte Trümmer und völlig zerfetzte Überbleibsel zu finden.

Nach den ersten Erhebungen musste es eine Explosion gegeben haben. Trümmer, die nicht angebrannt waren, lagen überall meterweit von der abgebrannten Hütte entfernt herum.

Inspektor Kurt Thiemig war als Erster am Brandort. Es schien hier zunächst eine klare Sache zu sein. Das Mädchen, Christa Luksch, gab an, hier gezündelt zu haben. Sie wusste angeblich nicht, dass Gerhard Riegler, ein Obdachloser, durch die Seitentüre die Hütte betreten hatte. Dieser hatte angeblich Benzingeruch verspürt und war daher nicht völlig eingetreten.

Christa Luksch war die Tochter des Landesrates und Unternehmers Christian Luksch, der auch der Besitzer dieser Hütte war. So weit war klar, dass er seine Tochter nicht anzeigen würde.

Anders sah es bei Gerhard Riegler aus.

Das Betreten des Grundstücks war verboten und das wurde durch eine Umzäunung und durch eine Tafel angezeigt. Außerdem wusste man von ihm, dass er nach dem Verlust seines Hauses nach der Scheidung von seiner Frau dieses im Zorn angezündet hatte. Dafür saß er im Gefängnis. Er wurde vorerst als Verdächtiger, trotz des Geständnisses der Christa, festgenommen.

„Warum habt ihr uns nicht früher verständigt?", wurde Christa gefragt.

„Es ging alles so schnell! Mit einer Explosion hatte ich nicht gerechnet. Mein Handy lag in der Hütte, ich musste bis zur nächsten Straße laufen. Ein vorbeifahrender Radfahrer ließ mich mit seinem Handy anrufen.", war ihre Antwort.

Das Handy bekam sie von Horst, dem Radfahrer. Dieser hatte später Probleme zu erklären, was er hier wollte.

„Warum in aller Welt wollten Sie die Hütte anzünden?", fragte Kurt Thiemig nachdenklich.

„Stress mit meinem Vater! Ich möchte darüber nicht sprechen.", sagte sie bestimmt.

Ihre trotzig verschränkten Arme machten klar, dass sie nun schweigen würde.

Brandinspektor Gert Slavik kam heran. „Inspektor, kann ich Sie kurz unterbrechen?" Er wirkte leicht verstört.

„Was ist los?"

„Wir haben eine Leiche."

„Du lieber Himmel. Eine Leiche?"

„Ja, vermutlich ein Mann, allerdings ist er bis zur Unkenntlichkeit verbrannt! Möglicherweise ist er schon vor dem Brand gestorben. Er lag im dritten Raum, einer Art Abstellkammer. Soweit man das noch feststellen konnte, dürfte er direkt Wand an Wand mit dem Griller gelegen sein. Wir vermuten, dass man ihn mit Strohballen verdeckt hatte. Einen genauen Bericht kann ich erst später geben."

Das änderte alles. Nun wurden auch Christa und Horst vorläufig festgenommen und von einem Streifenwagen ins Präsidium gebracht.

Es war nun eine Mord-Ermittlung.

Leutnant Friedhelm Matzinger und Bezirksinspektor Heinrich Glatzl übernahmen den Fall.

Inspektor Thiemig musste nahezu zwanzig Minuten auf die beiden warten. Er war verärgert, denn er wusste schon, was auf ihn zukommen würde.

Inspektor Kurt Thiemig war neu im Präsidium, ehemaliger Verkehrspolizist, der sich durch Schulung weitergebildet hatte. Er war ein ruhiger, verschlossener Typ und nahm die vielen Sticheleien des Bezirksinspektors Heinrich Glatzl normalerweise mit Gelassenheit zur Kenntnis. Er hatte nach seiner Versetzung in den Kriminaldienst nichts anderes erwartet. Es würde eine Zeit dauern, bis man ihn für voll nehmen würde.

Er sah mit innerem Grimm, wie der etwas übergewichtige Bezirksinspektor heranstolzierte.

„Na, sieh mal an, unser Neuling! Kaum losgelassen, präsentiert er einen Mordfall!"

Als ob ich dafür etwas könnte!, dachte sich Thiemig, ignorierte Glatzl und informierte Leutnant Matzinger über den Stand der Dinge.

Der Leutnant merkte die negative Stimmung zwischen Glatzl und Thiemig. Er nahm Glatzl zur Seite.

Leise, so dass Thiemig es nicht hören konnte, sagte er: „Du solltest freundlicher mit dem Neuen sein, denn ich mache ihn in diesem Fall zu deinem Partner!"

Noch bevor der Bezirksinspektor etwas erwidern konnte, stellte der Leutnant klar: „Ich möchte, dass er von dir lernt, dass du ihm alles beibringst, was nötig ist, um Fälle zu klären. Beende deine persönlichen Animositäten. Das ist eine Anordnung, verstanden?"

Der Leutnant und der Bezirksinspektor waren Du-Freunde, aber der bestimmte Ton Matzingers war unmissverständlich. Hier sprach nicht der Freund, sondern der Vorgesetzte.

Glatzl schluckte seine Entgegnung und den Ärger hinunter und nickte stumm mit dem Kopf.

Schließlich raffte er sich auf und rief: „Thiemig! Sie fahren mit mir zurück ins Präsidium. Ab sofort stehen Sie mir als zweiter Partner zur Verfügung!“

Der Leutnant lächelte. *Er nennt ihn Zweiten. Er will sich nicht völlig ausliefern. Er hält sich den Weg frei, auch mit mir oder jemand anderem weiterzuarbeiten. Schlau ist er!*

Das Handy meldete sich. Es war Henriette Riedl aus dem Sekretariat: „Es gibt Aufregung im Präsidium! Der Landesrat Herr Christian Luksch wütet hier und will seine Tochter nach Hause nehmen!“

„Er soll gefälligst warten! Wir sind in einigen Minuten da.“

Zu Thiemig gewandt sagte er: „Ich hätte gerne noch mit dem Mädchen allein gesprochen.“

„Das wird kaum möglich sein. Abgesehen davon, dass wir sie ohne Rechtsvertreter oder Eltern nicht vernehmen dürfen, hat sie schon klar gemacht, dass sie nicht darüber sprechen möchte. In Anwesenheit ihres Vaters wird sie schon gar nichts sagen.“

Heinrich blickte auf seine Uhr.

„Es ist spät geworden. Wir werden sie mit dem Vater gehen lassen. Die beiden anderen bleiben über Nacht. Morgen ist auch noch ein Tag!“

Als sie im Präsidium ankamen, erwartete sie der wütende Vater der Christa Luksch und ein ebenso übel gelaunter Rechtsanwalt des Horst Thurner.

„Sie nehmen den Rechtsanwalt und ich den Vater!“, befahl Heinrich, sehr zum Ärger Kurts, dem dieser Ton sehr missfiel.

Diese Zusammenarbeit wird der Horror, gibt mir aber die Chance, mich zu beweisen, dachte er bei sich.

„Was werfen Sie meinem Klienten vor?“, begann der Anwalt

„Er war in der Nähe des Tatortes und erklärt uns nicht, warum!“

„Wenn das alles ist, werden wir gehen. Er war auf einem Weg außerhalb des Grundstückes und ist zufällig vorbeigekommen. Reicht das?“

Der Inspektor winkte müde ab und der Anwalt rauschte mit Horst Thurner ab.

„Manchmal hasse ich diese Rechtsverdreher. Warum lassen sie uns nicht unsere Arbeit machen? Wir hätten ihn schon dazu gebracht zu sagen, was er da wollte.", brummelte er vor sich hin.

Dem Bezirksinspektor erging es nicht besser.

Vernehmung mit Herrn Christian Luksch, Landesrat in Niederösterreich, zust. für Finanzen, Besitzer der abgebrannten Hütte:

„Herr Luksch – was sagen Sie zu der Situation mit Ihrer Hütte?", begann Heinrich Glatzl vorsichtig.

Herr Luksch sprang auf und schlug mit der Faust auf den Tisch.

„Was heißt hier Hütte?! Pfeif auf die Hütte! Sie haben meine Tochter in Gewahrsam genommen! Sie ist minderjährig und Sie wollen ihr einen Mord anhängen?"

Er musste mit Gewalt von den Wachbeamten in den Sessel zurückgedrängt werden.

„Lassen Sie uns doch in Ruhe miteinander reden. Immerhin hat Ihre Tochter zugegeben, dass sie die Hütte anzünden wollte!", sagte der Bezirksinspektor besänftigend.

„Sie hat doch nichts mit einem Mord zu tun und das mit dem Anzünden stimmt auch nicht!"

„Wir haben eindeutige Beweise, dass sie einen Zündmechanismus angefertigt und versucht hat, ihn unter einem Bett anzuzünden. Haben Sie eine Ahnung, warum sie das wollte?"

„Das werde ich sie fragen, sobald sie wieder bei mir ist! Ich werde sie jedenfalls mitnehmen. Dafür gibt es von mir aus auch keine Anzeige. War es das?"

Der Bezirksinspektor nickte ernüchtert.

„Dem steht nichts im Wege. Es besteht keine Fluchtgefahr. Bitte sorgen Sie dafür, dass sie für uns verfügbar ist.

Eine andere Frage: Kann es sein, dass Sie jemanden beauftragt haben, auf Ihre Hütte zu achten?"

Christian Luksch schüttelte den Kopf. „Tut mir leid, ich habe keine Ahnung, wer der Tote sein könnte. Die Verdächtigen, inklusive meiner Tochter, wissen es nicht?“

„Kennen Sie Gerhard Riegler?“

„Wer kennt den in unserer Umgebung nicht? Ein armes Schwein, dem alles genommen wurde und das im Gefängnis landete.“

„Hatten Sie einen näheren Kontakt mit ihm?“

Herr Luksch entrüstete sich: „Wie käme ich dazu!? Ich weiß auch nicht, was er bei der Hütte zu suchen hatte, aber ich glaube nicht, dass er sie anzünden würde!“

„Herr Riegler behauptet, dass er mit Ihnen bei der Hütte verabredet war.“

„Also das ist der größte Unsinn, den ich jemals gehört habe!“, brach der Landesrat in ein Gelächter aus, „Was hätte ich mit ihm zu tun?“

Das Gelächter klang für Thiemig etwas übertrieben.

„Nun, erstens behauptet er, von Ihnen einen Job zu erhalten.“, meinte er.

„Und zweitens eine Unterkunft in der Hütte.“, ergänzte Glatzl.

„Glauben Sie das wirklich?“, wunderte sich Herr Luksch.

Es schien ihn sehr zu erheitern.

„Eigentlich nicht, aber das wollten wir wissen. Sie hatten also keine Abmachung mit Herrn Riegler. Vielen Dank, dass Sie sich Zeit genommen haben. Sie können Ihre Tochter mitnehmen. Auf Wiedersehen!“

„Das hoffe ich nach Möglichkeit nicht.“, brummte Luksch beim Hinausgehen.

Kurt Thiemig hatte im Nebenraum die letzten Sätze der Vernehmung mitgehört.

„Ist Ihnen aufgefallen, dass das Mädchen nicht mit dem Vater wegwollte?“, meinte Thiemig nachdenklich.

„Sie war doch sowieso völlig verstört. Sie sehen Gespenster!“

„Worauf achten Sie? Haben Sie gesehen, wie er aussah?“, fragte Thiemig.

„Was meinen Sie?“

„Er muss vor Kurzem eine gröbere Auseinandersetzung gehabt haben. Ein blaues Auge und Verletzungen im Gesicht! Er hat sich auch bei den Fragen nach Riegler eher seltsam benommen."

„Worauf Sie alles achten! Sie meinen, das könnte zu einem Motiv führen?", zweifelte Glatzl, obwohl an der Vermutung etwas dran sein könnte.

Er wollte Thiemig jedoch nicht recht geben.

Doch dieser blieb stur bei seinem Verdacht.

„Wäre doch möglich! Ein behäbiger Mensch, Landesrat und Chef einer großen Firma, prügelt sich normalerweise nicht so einfach. Wo hat er die Verletzungen her? Warum haben Sie ihn nicht gefragt? So ein Mensch könnte durchaus auch eine Waffe besitzen, vielleicht einen Revolver 9 mm?", beharrte Thiemig.

„Ist das nicht ein wenig weit hergeholt? Aber wir werden uns schlau machen, ob auf ihn eine registriert ist.", seufzte Glatzl. „Doch für heute reicht es. Haben wir schon die Berichte von Slavik und Strobl?", wandte er sich an Henriette Riedl aus dem Sekretariat.

„Sie liegen auf Ihrem Schreibtisch.", antwortete sie.

„Apropos Schreibtisch!", wandte er sich an Thiemig. „Sie übersiedeln zu mir ins Büro. Der Schreibtisch mir gegenüber ist jetzt Ihrer. Die Frau Gerti Stangl wird Ihre Sekretärin. Der Leutnant will, dass ich Sie unter meine Fittiche nehme, da habe ich Sie gerne bei mir. Nun, für heute ist Schluss. Den Riegler lassen wir ein wenig dunsten und die Berichte haben auch noch bis morgen Zeit."

Kurt war erstmal von der Ansage schockiert, aber nach näherer Überlegung stellte er fest, dass ein Schreibtisch im Hauptbüro und eine eigene Sekretärin wohl einen Aufstieg bedeuteten. Er war jetzt ein Teil der Mordkommission. Das bedeutete Prestige. Ein Wermutstropfen war sicherlich die Nähe und Zusammenarbeit mit Heinrich Glatzl. Da musste er wohl durch. An ihm, Kurt Thiemig, sollte es nicht liegen. Wie heißt es doch: „Deinen Freunden sollst du nahe sein, deinen Feinden noch viel näher."

Kurt Thiemig musste lächeln. Heinrich dachte vielleicht ähnlich.

Leicht beschwingt verließ er das Präsidium.

Der nächste Tag begann mit der Vernehmung des Gerhard Riegler.

Vernehmung Gerhard Riegler, Obdachloser, vorbestraft wegen Brandstiftung:

„Herr Riegler! Was hatten Sie bei der Hütte zu tun?"

„Ich sollte mich mit Herrn Luksch treffen. Er wollte mir einen Job anbieten."

Thiemig und Glatzl sahen sich mit einem bedeutungsvollen Blick an.

„Das sagten Sie schon bei der ersten Einvernahme, doch Herr Luksch bestätigte es nicht. Sie glauben doch nicht im Ernst, dass wir Ihnen abnehmen, dass ein Industrieller und Landesrat Sie wegen einer solchen Sache in einer Hütte treffen will. Wer soll Ihnen solchen Schwachsinn abnehmen? Er hätte Sie, wenn schon, in sein Büro beordert!"

„Er hatte mir angeboten, für eine gewisse Zeit in der Hütte zu wohnen, und ich sollte sie mir ansehen. Er kannte meine Probleme nach meiner Scheidung und er wusste auch von meiner Verzweiflungstat."

„Trotz allem wollte er Sie anstellen?", zweifelte Thiemig.

„Er ist ein guter Mensch – er spielt nur immer den Wilden."

Das bezweifle ich, dachte der Bezirksinspektor bei sich. Laut sagte er: „Haben Sie irgendetwas Verdächtiges bemerkt, als Sie ankamen?"

„Nein, das Ganze war ein Verhängnis. Ich hatte eine brennende Zigarette in der Hand, als ich eintrat. Die Tür war unversperrt, aber kaum hatte ich sie offen, krachte es auch schon. Durch den Luftdruck wurde ich glücklicherweise weggeschleudert. Erst dann merkte ich, dass auch Fräulein Luksch da war und ebenso wie ich aus der Tür des anderen Raumes geschleudert wurde. Sonderbar war nur: Sie stand wie versteinert da und machte keine Anstalten, um Hilfe zu rufen. Ich selbst habe kein Handy. Erst, als die Hütte schon im Vollbrand stand, rief sie dem vorbeifahrenden Radfahrer zu, die Feuerwehr zu rufen. Das tat er dann auch, hätte es aber auch bleiben lassen können. Die Hütte war nicht mehr zu retten. Bis dahin hatte auch er nur mit offenem Mund zugeschaut. Die heutige Jugend hat offensichtlich keine Geistesgegenwart mehr!"

„Das Schlimme ist nur: Unter den verkohlten Trümmern fanden wir eine Leiche!“

„Waaas…?!“ Gerhard Riegler sprang entgeistert auf und musste mit Gewalt in den Stuhl gedrückt werden.

„…und deshalb glaubt ihr jetzt…“

Er schien gebrochen und begann zu schluchzen.

„Ich habe doch damit nichts zu tun! Ich wusste das doch gar nicht. Es war noch jemand in der Hütte? Jemand, der es nicht schaffte? Wir machten keine Anstalten, zu helfen! Oh Gott, oh Gott!“, wimmerte er.

Für die beiden Inspektoren schien klar: Dieser Mann wusste nichts von der Leiche oder er war ein genialer Schauspieler. Man könnte ihm nur Hausfriedensbruch vorwerfen. Seine Reaktion schien echt. Im Moment war er nicht mit der Leiche in Verbindung zu bringen.

„Das wär’s. Sie können gehen.“, brummte Glatzl.

Der Mann beeilte sich, den Raum zu verlassen.

„Sollte er sich nicht zu unserer Verfügung halten, falls wir ihn noch brauchen?“

„Er ist nicht verdächtig und der Hausfriedensbruch ist Privatsache.“

„Aber irgendwo muss er doch erreichbar sein und selbst für einen Augenzeugen wäre er wichtig.“, ereiferte sich Thiemig.

Der Herr Riegler hatte inzwischen das Präsidium verlassen.

„Obdachlos! Was, wenn wir ihn brauchen oder ein mögliches Gericht? Wie sollte er sich denn zur Verfügung halten?“

Inspektor Glatzl biss sich auf die Lippen. Ihm wurde bewusst – der Wichtigtuer hatte recht!

„Verdammt! Es fällt mir schwer, es zuzugeben: Daran habe ich nicht gedacht! Sehen Sie zu, ob Sie ihn noch einholen können!“

Doch es war zu spät. Herr Riegler hatte das Weite gesucht und wie es schien auch gefunden. Nur – Thiemig fand ihn nicht.

Atemlos kam er zurück.

„Nicht mehr aufzufinden – sollen wir eine Fahndung ausgeben?“

„Kein Aufwand für nichts. Wir werden ihn nicht brauchen.“

Hoffentlich!, dachte sich Thiemig und war nicht überzeugt.

Gerhard Riegler tat dem Bezirksinspektor Heinrich Glatzl zwar leid, aber sie hatten einen Verdächtigen verloren.

„Es gehen uns die Verdächtigen aus.", bemerkte Thiemig sarkastisch.

„Ich denke nicht, sie verändern sich nur.", verbesserte Glatzl aus Prinzip.

„Das Drama muss sich vorher abgespielt haben."

Dieser Thiemig war in seinen Augen eine Nervensäge.

„Damit rückt Christa Luksch wieder in den Fokus."

„Was hatte sie vor? Warum wollte sie ausgerechnet das Bett anzünden?

Es fehlt immer noch ein Motiv."

„Was wäre mit dem Besitzer, ihrem Vater?"

„Damit haben wir ein ähnliches Problem – kein Motiv und ein Alibi!"

„Moment!", unterbrach Thiemig den lauten Gedankengang seines Partners.

„Alibi … das Gas könnte man irgendwann aufdrehen und beispielsweise den Obdachlosen hinbeordern, um ihn zu einem Schuldigen oder zu einem zweiten Opfer zu machen. Man könnte dann behaupten, er sei bei seiner eigenen Brandstiftung zu Tode gekommen!"

Thiemig hatte es nur so vor sich hingesagt.

Doch der Bezirksinspektor Heinrich Glatzl war wie elektrisiert.

„Ich glaube, Sie haben eben den Fall gelöst. So bekommt alles plötzlich Sinn: Der Luksch hatte eine gewaltsame Auseinandersetzung mit einem uns noch Unbekannten und erschoss diesen. Deshalb die Kampfverletzungen im Gesicht. Dann legte er die Leiche in das Nebengebäude mit dem Stroh, drehte das Gas ganz wenig auf und beorderte Gerhard Riegler unter dem Vorwand, ihm die Hütte zu zeigen, dorthin, wohl wissend, dass der starke Raucher irgendwann eine Explosion hervorrufen würde. Man könnte ihm auf diese Weise den Mord in die Schuhe schieben. Christa Luksch und Horst Thurner waren nicht eingeplant und sind unschuldig! Kurt … Sie haben diesmal ausnahmsweise genial überlegt! So könnte es gewesen sein! Jetzt müssen wir es nur beweisen können!"

„Das könnte schwierig sein, denn der Landesrat hat die Geschichte, die der obdachlose Brandstifter uns auftischte, nicht bestätigt."

„In diesem Fall würde er sie natürlich nicht bestätigen. Sie könnte aber wahr sein."

Inspektor Kurt Thiemig war überrascht über den positiven Ausbruch seines sonst nur nörgelnden Partners. Er benutzte sogar seinen Vornamen. Das war bisher noch nie der Fall. Nur das „ausnahmsweise" hätte er sich schenken können.

„Ja – und wir sollten wissen, wer der unbekannte Ermordete ist!"

„Wir müssen im Umfeld des Landesrates ermitteln, wer ihn hassen könnte!"

„Es könnte auch eine Vermisstenanzeige helfen."

„Bis jetzt ist keine eingelangt. Hören wir uns erst mal die Berichte des Brandinspektors und des Pathologen an."

Gespräch mit Brandinspektor Gert Slavik:
„Die unmittelbare Brandursache war Gasaustritt und ein Funke, der die Explosion verursachte. Allerdings dürfte die Zündung nicht durch das Zündeln unter dem Bett des Nebenzimmers entstanden sein. Wir fanden heraus, dass der Explosionsfunke direkt in dem Raum mit dem Griller entstanden ist.

Das Feuer selbst entstand erst danach. Die Hütte war xsehr zerstört, aber es hätte nicht alles abbrennen müssen, wenn die Feuerwehr schneller informiert worden wäre."

„Das heißt, das Mädchen hat die Explosion nicht verursacht?", fragte Inspektor Thiemig verblüfft.

„Ihr gelegter Brand hatte nicht richtig funktioniert, hätte aber das Gas auch irgendwann entzünden können. Das war aber nicht der Fall."

„Kann es sein, dass man die Hütte absichtlich abbrennen lassen wollte?", meinte Inspektor Glatzl, der inzwischen dazu gekommen war, nachdenklich.

„Wenn der Mörder unter den dreien zu finden ist, würde das Sinn machen. Vielleicht sind sie alle mitschuldig. Schließlich kann der Brand alle Spuren verwischen. Das müssen Sie herausfinden. Fakt ist, der Brand breitete sich nach der Explosion vom mittleren Raum weiter aus.“

„Was denken Sie?“, fragte Heinrich Glatzl, während sie zur Pathologie unterwegs waren, „Sie haben sich als glänzender Beobachter herausgestellt!“

Kurt fühlte sich geschmeichelt. Der Glatzl schien gar nicht so übel zu sein. Vielleicht sollte man nur seinen Sarkasmus überhören.

„Mir kommen die Reaktionen des Mädchens seltsam vor. Sie gab doch an, den Brand quasi aus Ärger mit dem Vater gelegt zu haben. Was kann eine 16-Jährige zu einer solchen Tat bewegen?“

„Pubertärer Wahnsinn?“

„Das kann durchaus sein, aber ich denke, es muss ein gewichtigeres Problem gegeben haben!“

Glatzl nickte: „Wenn sie nicht spricht, wie sollen wir es erfahren?“

Inzwischen kamen sie in der Pathologie an.

Gespräch mit Pathologen Gary Strobl:
„Der Verstorbene ist ein relativ junger Mann, so um die zwanzig, vielleicht auch jünger. Er ist bis zur Unkenntlichkeit verbrannt. Er wurde aus nächster Nähe erschossen. Nach Art der Wunde vermutlich mit einem 9-Millimeter-Bleigeschoss aus einem Revolver. Weder die Kugel noch die Tatwaffe konnten gefunden werden, also wissen wir es nicht so genau. Der Todeszeitpunkt kann aufgrund der schweren Verbrennungen nicht wirklich festgestellt werde. Er war jedenfalls vor dem Brand tot. DNA-Proben sind eingesandt. Die Ergebnisse stehen noch aus. Ebenso wie die der Gebissanalyse.“

„Erschossen? – Verdammt! Das sieht nicht nach unseren Verdächtigen aus!“, brummte Bezirksinspektor Heinrich Glatzl.

„Seien Sie nur nicht voreilig. Auch Jugendliche können zu Waffen kommen. Ja, und was wäre mit unserem obdachlosen Brandstifter?", warf Kurt Thiemig ein.

„Sie haben doch gehört – die Waffe wurde nicht gefunden! Sollte man eigentlich, wenn es der Riegler war."

„Schon, aber der Mord könnte zu einem anderen Zeitpunkt stattgefunden haben."

Die ständigen Einwände seines neuen Partners nervten den Bezirksinspektor.

„Sieh mal – eine Meinungsänderung? Trauen Sie den jungen Leuten doch einen Mord zu?"

„Den Jungen nicht, aber dem Obdachlosen!"

„Wozu wäre er dann zu dem Gartenhäuschen zurückgekehrt?"

Heinrich Glatzl ärgerte es, dass er den Gedanken Thiemigs widersprach, obwohl er selbst schon daran dachte.

„Meinen Sie, ein Obdachloser läuft mit einem Revolver herum? Wenn, dann hätten wir ihn gefunden!"

Thiemig seufzte gequält.

„Solche Menschen sind doch oft gefährdet, von ihren Mitmenschen angegriffen zu werden."

„Ein quasi Kind zu erschießen! Was wäre das Motiv?"

„Das Notquartier? Vielleicht wollte man ihn mit Gewalt vertreiben und er hat sich gewehrt."

Inspektor Glatzl griff zum Handy

„Wir sollten den Brandort und dessen Umgebung nach der Waffe durchsuchen. Schon, um Ihren Verdacht zu bestätigen oder auszuschließen. Die Frage wäre nur: Wenn er der Mörder wäre – was wollte er dann noch dort?!"

„Nun – die Hütte in die Luft jagen!"

„Sich selbst damit auch?"

„Wäre ja genial. Es ist ihm nichts passiert. Er konnte damit von sich ablenken. Sie haben ihn laufen lassen!"

Heinrich Glatzl erkannte mit Schrecken, dass dieser Thiemig recht haben könnte. Das wäre für ihn als Leiter der Ermittlung nicht förderlich.

Er machte eine wegwerfende Handbewegung.

„Das traue ich dem Mann nicht zu. Zu kompliziert und durchdacht. Was wäre das Motiv?“

„Dazu bräuchten wir die Identität des Ermordeten.“

„Das heißt also Geduld haben. Im Moment drehen wir uns im Kreis.“

„Ach übrigens! Ich hätte eine Idee, wie wir das Vater-Tochter-Verhältnis möglicherweise aufklären könnten.“

Streber!, dachte Heinrich bei sich, gab sich aber freundlich:

„Legen Sie los!“

„Sie ist 16. In diesem Alter haben die Mädchen normalerweise eine oder mehrere Freundinnen. In den meisten Fällen eine besondere Lieblingsfreundin, mit der sie alles teilt. Diese sollten wir finden.“

Wohl oder übel musste Heinrich zugeben, dass dieser Thiemig recht haben könnte.

„Wir müssen im Umfeld der Jugendlichen ermitteln. Das soll Revierinspektor Johann Spreitzhofer mit den Bediensteten Henriette Riedl, Gerti Stangl sowie einigen Streifenbeamten erledigen. Heute ist es bereits zu spät. Sie könnten morgen beginnen.“

„In den Schulen wäre wichtig!“, warf Thiemig ein.

„Schon gut! Leutnant Matzinger hat uns zur Berichterstattung zur Staatsanwältin Eleonore Mayereder bestellt. Sie schweigen – ich rede!“

Bezirksinspektor Heinrich Glatzl und Inspektor Kurt Thiemig berichteten der Staatsanwältin von ihren noch unbewiesenen Verdachtsmomenten.

Eleonore Mayereder klappte den Berichtsordner zu.

„Zu viele Fragen, zu wenige Antworten. Mit Gerhard Riegler haben Sie doch einen dringend Verdächtigen.“

„Seiner Reaktion entnahmen wir, dass er von dem Toten in der Hütte nichts wusste. Er beteuert nur, dass er unschuldig ist. Mehr war aus ihm nicht herauszubringen. Dennoch habe ich den Eindruck, dass er möglicherweise jemanden schützt.“

„Sie haben gegen den Landesrat Herrn Luksch nur eine Vermutung! Sind Sie sich der politischen Brisanz Ihrer Verdächtigung bewusst? Nicht nur politisch. Er ist ein Großunternehmer, der für die Region sehr wichtig ist. Wenn Sie keine hieb- und stichfesten Beweise haben, lassen Sie gefälligst die Finger davon. Dieser Gerhard Riegler ist unser Hauptverdächtiger. Bringen Sie ihn zu einem Geständnis!"

Ihr Ton war zusehends härter geworden.

„Wir haben ihn weggeschickt!", bemerkte Bezirksinspektor Heinrich Glatzl kleinlaut.

„Dann holen Sie ihn. Ich werde das Verhör übernehmen!"

„Wir wissen nicht, wo er hin ist!"

„Waas!? ... sind Sie verrückt? Sie schicken einen hochverdächtigen Obdachlosen, möglichen Mörder weg und Sie wissen nicht einmal, wo er sich aufhalten wird? Er hätte in Gewahrsam kommen müssen. Es besteht Fluchtgefahr! Er sollte in Untersuchungshaft! Dafür werde ich Sie zur Verantwortung ziehen!"

„Mein Gefühl sagte mir..."

„Wir sind hier bei der Kriminalpolizei! Wir handeln nach Beweisen! Ich dachte bisher, es mit tüchtigen Beamten zu tun zu haben. Ihr Gefühl in Ehren, aber es ist nicht relevant. Schaffen Sie den Gerhard Riegler wieder her oder Sie dürfen in Zukunft den Verkehr regeln!"

Das meinte sie sicher nicht so, aber es war ihrem Ärger geschuldet.

Damit entließ sie die zwei Inspektoren.

„Seien Sie nicht verzagt!", versuchte Thiemig den Glatzl zu trösten.

„Nicht verzagt sein? Das ist die größte Blamage, die ich im Laufe meiner Karriere erlebt habe. Denken Sie daran – Sie sind auch involviert!"

„Meine Karriere ist noch jung. Das Regeln des Verkehrs ist mir noch sehr nahe.

Besuchen wir doch das Obdachlosen-Wohnheim am Kalvarienberg. Wohin sonst sollte er sich wenden? Außerdem denke ich, dass Sie jetzt mit einer Fahndung einverstanden sein werden."

Der Unterton in seiner Stimme ließ keinen Zweifel zu, wie Thiemig über seinen Partner dachte.

„Die Staatsanwältin spinnt! Sie wird auch nicht mehr aus ihm herausholen. Der Mann hat damit nichts zu tun. Das fühle ich und auf meine Gefühle ist normalerweise Verlass!“, beharrte Glatzl auf seiner Meinung. Er hatte trotzdem ein sehr flaues Gefühl in der Magengegend.

„Dessen ungeachtet müssen wir ihn finden. Das Obdachlosenheim bei der Emmaus-Gemeinschaft ist eine gute Idee. Die Polizisten sollen außerdem die bekannten Orte aufsuchen, wo sich normalerweise die Sandler und Gammler aufhalten. Ich werde mich an der Suche aktiv beteiligen. Im Übrigen wird seine Aussage wichtig sein, wenn wir den Verdacht gegen den Landesrat weiter verfolgen.“

Bezirksinspektor Heinrich Glatzl würde den Wichtigtuer am liebsten zum Schweigen bringen, aber er musste zu seinem Bedauern zugeben, dass Thiemig auch in diesem Fall recht hatte; also nickte er nur und ließ ihn gewähren.

Die nächsten beiden Tage waren ausgefüllt mit der Suche nach Riegler, den Recherchen im Umkreis des Landesrates und nach einer eventuellen besten Freundin der Christa Luksch.

Leutnant Matzinger war nicht begeistert über den Lauf der Dinge.

„Was ist dir nur eingefallen, einen Verdächtigen ohne Wohnort laufen zu lassen?“

„Er reagierte so, dass ich ihn nicht verdächtig fand.“

Der Leutnant lächelte gequält.

„Dein berühmtes Bauchgefühl, nicht wahr?“

„Wie geht es dir mit dem Neuen?“, wechselte Friedhelm Matzinger unvermittelt das Thema. Er meinte damit Inspektor Thiemig.

„Ja, was soll ich sagen – er ist ein wenig übereifrig.“

Glatzl war froh, das Thema wechseln zu können.

Der Leutnant nickte.

„Doch das ist ja positiv! Du musst bedenken, dass es nicht so einfach ist, von den Uniformierten in den Kriminaldienst zu wechseln. Ich hoffe, du machst ihm das Leben nicht so schwer.“

Heinrich zögerte.

„Weißt du – er erinnert mich irgendwie an eine Unart meiner Frau – er hat immer etwas zu bemerken, spricht, ohne gefragt zu werden und spielt sich auf, als wäre er der Leiter des Departements!"

„Aha – daher weht also der Wind. Er erinnert dich an deine dominierende Frau! Sie hat wohl in deiner Ehe die Hosen an!"

Das allerdings war für Inspektor Glatzl ein unangenehmes Thema.

„Mein Vorschlag ist: Lass ihn doch einfach. Er wird nicht immer recht haben und er wird sich mit der Zeit die Hörner abstoßen. Du warst in deiner Anfangszeit ganz genauso. Ich erinnere mich an die Beschwerden unseres heutigen Majors Magnus Westermayer – du erinnerst dich? Er hat sich über genau die gleichen Dinge beschwert, als du ihm nach dem Studium zugeordnet wurdest.

Denk daran: Solche Leute sind kostbare Diamanten. Schleife sie behutsam zurecht und höre auf, dich zu beschweren. Er könnte eine Stufe zu deinem beruflichen Weiterkommen sein."

„Du hast recht. Vielleicht liegt es an mir."

Der Leutnant bekam einen Anruf und rannte aus dem Büro.

Er ließ einen nachdenklichen Bezirksinspektor zurück.

„Was meinte er mit Weiterkommen?"

Seine Gedanken wurden von Inspektor Thiemig unterbrochen, der sich sichtbar erschöpft auf den Stuhl hinter seinem Schreibtisch warf.

„Es ist zum Aus-der-Haut-Fahren!", begann er sofort loszulegen. Sehr zum Unmut Glatzls, der in Gedanken noch bei der Unterhaltung mit seinem Freund, dem Leutnant, war.

„Wir waren überall in der Stadt, wo es auch nur die geringste Chance gab, einen Obdachlosen aufzufinden. Auch im Obdachlosenheim kannte man ihn nicht. Ich habe keine Ahnung, was man noch tun könnte. Auch die Fahndung war bisher erfolglos!"

Kurt bemerkte, dass Heinrich offenbar mit den Gedanken ganz woanders war.

„Meine Bemühungen scheinen Ihnen egal zu sein!", meinte er beleidigt mit erhöhter Stimme.

„Sie vergessen offenbar, dass es auch um Ihren Hals geht, falls
wir diesen Riegler nicht finden! Oder haben Sie die Ansage der
Staatsanwältin vergessen?“

„Jetzt plustern Sie sich nicht so auf. Sie haben nur getan, wo-
für Sie beauftragt waren und auch bezahlt werden. Dass Sie erfolglos waren, ist die vielen Worte nicht wert!“, konterte Heinrich verärgert.

Das war Kurt Thiemig zu viel. Um nicht ausfällig zu werden,
verließ er grußlos das Büro und begab sich auf den Heimweg.

Am nächsten Morgen war sein Ärger noch nicht verflogen, aber
die Laune verbesserte sich, als er die Nachricht von einer Vermisstenmeldung bekam.

„Wo ist eigentlich Inspektor Glatzl?“, wunderte er sich. Frau
Stangl klärte ihn auf.

Es gab gestern einen seltsamen Notruf. Der oder die Anrufer
legten sofort wieder auf. Nun wurde heute Morgen in der Nähe
des Brandortes am Teichufer eine weibliche Leiche gefunden.

Bezirksinspektor Glatzl und Leutnant Matzinger sind sofort
losgefahren.

„Gut, dann schicken Sie mir den Mann mit der Vermisstenmeldung herauf.“

„Es ist ein gewisser Herr Otto Rieder.“

Thiemig wäre lieber selbst an den möglichen Tatort gefahren,
doch er nickte nur stumm und bot Herrn Rieder einen Stuhl an.

Er hielt sich nicht lange mit Begrüßungsformalitäten auf.

„Herr Rieder – Sie haben eine Vermisstenmeldung?“

„Ja, mein Sohn Roland ist seit gestern nicht nach Hause gekommen. Das war noch nie der Fall. Er war auch nicht in der
Schule und das sieht ihm überhaupt nicht ähnlich. Dann habe
ich von dem Brand gelesen und dass es einen Toten gab. Nun
habe ich befürchtet…“

„Ganz ruhig. Man muss ja nicht gleich das Schlimmste an-
nehmen.“

Er versuchte, den Mann, der sich immer mehr erregte, zu
beruhigen.

„Wie alt ist Ihr Sohn?“

„Erst 17 Jahre und er war in letzter Zeit so glücklich.“

„So glücklich? Kann es nicht sein, dass er woanders übernachtet hat oder weggefahren ist?“

„Nein. Bestimmt nicht! Das Mädchen, von dem er so schwärmte, ist erst 16 und hat einen strengen Vater, der so etwas nie erlauben würde.“

„So, so …“

Kurt überlegte: *Sollte es einen Zusammenhang…?*

„Kennen Sie das Mädchen zufällig?!“

„Ja, natürlich! Sie ist die Tochter meines Arbeitgebers, Herrn Luksch.“

Spätestens jetzt war dem Inspektor klar, dass es einen Zusammenhang geben musste.

Eine innere Erregung packte ihn. Vielleicht hätte er die Möglichkeit, den Fall von hier aus zu lösen. Damit könnte er dem Bezirksinspektor und allen hier zeigen, dass sie ihn zu Unrecht unterschätzten.

Herr Rieder merkte seine Veränderung und ihm schwante Böses.

„Sagen Sie – hatte Ihr Sohn Feinde?“

„Feinde nicht direkt. Es gab Streit mit seinem besten Freund wegen des Mädchens!“

„Eifersucht?“

„Möglicherweise! Roland kam letztlich mit Verletzungen im Gesicht nach Hause, schwieg aber, woher er sie hatte. Ich vermutete eine Auseinandersetzung mit seinem Freund Horst.

Dieser war vor meinem Roland mit Christa Luksch enger befreundet.

Horst wurde eines Tages böse zusammengeschlagen und musste im Spital behandelt werden. Das ist allerdings vier Wochen her – oh Gott – könnte mein Sohn ihn spitalreif geprügelt haben? Hat Horst sich dann womöglich gerächt? Roland ist seit diesen drei Wochen, in denen Horst im Spital war, ständig mit dieser Christa unterwegs gewesen.“

„Horst? Ist das Horst Thurner? Erzählen Sie alles, was Sie darüber wissen. Eifersucht kann die Menschen sehr verändern.“

Otto Rieder war einem Zusammenbruch nahe. Im Moment war er nicht ansprechbar.

Kurt Thiemig organisierte inzwischen die Vorführung von Horst Thurner. Er war ja zuletzt durch seinen Rechtsanwalt einer Vernehmung entkommen. Das würde er jetzt nicht mehr können.

Kurt war sich sicher, der Wahrheit sehr nahe zu sein.

Nach Wasser und einigen beruhigenden Worten war Herr Rieder wieder in der Lage, Rede und Antwort zu stehen. Er war sich allerdings sicher, dass sein Sohn die Leiche aus der Hütte sei.

„Wo ist denn Rolands Mutter?"

„Sie ist vor vier Jahren durch einen Verkehrsunfall gestorben. Kann ich meinen Sohn sehen?"

„Nein! Es gibt nur den Verdacht, dass es Ihr Sohn ist. Wir haben keinen Beweis. Bringen Sie uns bitte Haare Ihres Sohnes, zum Beispiel aus einer Haarbürste, die nur er benutzt. Ein DNA-Abgleich könnte uns die Wahrheit bringen. Bis dahin bleibt für Sie die Hoffnung, dass er es nicht ist!"

Ein gebrochener Mann verließ das Büro. Otto Rieder war sich sicher, dass Roland der verbrannte Tote aus der Hütte ist.

Kurt Thiemig glaubte es ebenso. So viele Zufälle sind unwahrscheinlich. Die Haare könnten den Beweis bringen.

Der neue Tatort am Teich

Als Leutnant Friedhelm Matzinger und Bezirksinspektor Heinrich Glatzl auf dem Grundstück vor der zerstörten Hütte ankamen, hatte Pathologe Gary Strobl seine Arbeit schon getan.

„Ah … hoher Besuch!", äffte er. Er mochte den Leutnant nicht leiden.

„Es sieht nach einem Selbstmord aus. Sie erschoss sich mit dem Revolver, ein 38-Spezial-Smith-Wesson, den sie noch in der Hand hielt."

„Schmauchspuren?", fragte Matzinger zweifelnd.

„Na sicher. Sonst wäre ich nicht von Selbstmord ausgegangen! Aber natürlich muss ich sie noch genauer untersuchen. Der

Todeszeitpunkt stimmt fast mit dem Notruf gestern um 18 Uhr überein, was seltsam ist. Doch das ist ja euer Bier. Bericht folgt!"

„Habt ihr das Handy?", fragte Kurt die Leute von der Spurensuche.

„Kein Handy!", war die Antwort.

„Wie ist das möglich? Sie hat doch einen Notruf abgegeben! Falls es doch ein Mord ist, hat der Mörder damit einen großen Fehler begangen!"

Matzinger zuckte mit den Achseln.

„Es kann doch sein, dass jemand anders den Notruf abgeben wollte und gestört wurde."

„Was ist hier geschehen? So wie es aussieht oder aussehen soll, kann es nicht sein. Möglicherweise gibt es noch eine Person, die abgetaucht ist."

„Mit dem Handy?"

„Möglich wäre es! Sonst müssten wir das Handy finden."

Sinnend sahen die beiden Beamten dem Totenwagen, der die Verstorbene wegbrachte, nach.

„Nun – was denkst du?"

„Ich glaube nicht an einen Selbstmord.", sagte Matzinger überzeugt.

„Ich bin der gleichen Meinung. Da hat jemand einen Selbstmord inszeniert und ich glaube auch zu wissen, wer. Wir müssen es nur noch beweisen."

Glatzl schüttelte bedächtig das Haupt.

In diesem Augenblick kam der Anruf von Inspektor Kurt Thiemig.

„Was…? Der Horst Thurner? Der war doch bei der Explosion in der Nähe!"

Heinrich Glatzl sah den Leutnant triumphierend an:

„Wir haben einen neuen, alten Verdächtigen im Fall der brennenden Hütte. Horst Thurner, den wir wegen des Rechtsanwaltes nicht vernehmen durften, hatte gewaltsame Auseinandersetzungen mit unserem vermutlichen toten Roland Rieder, und das wegen Christa Luksch. Es handelt sich vielleicht um ein Eifersuchtsdrama mit tatsächlichem Selbstmord, weil ihr Geliebter tot ist."

„Was ist mit dem Handy? Wenn sie es benutzt hat, müsste es zu finden sein!“

„Verdammt – es ist schwer vorstellbar, dass jemand das Handy dem toten Mädchen wegnimmt und dann keine Meldung macht!“

„Es sei denn ihr Mörder!“

„Nun, die Beweise fehlen noch. Weder wissen wir mit Sicherheit, ob der verbrannte Tote Roland Rieder ist, noch, ob Christa Luksch wirklich Selbstmord begangen hat, noch, inwiefern Horst Thurner verwickelt ist!“, bremste der Leutnant seinen Freund ein.

„Thiemig soll den Horst Thurner einbehalten, bis wir kommen. Wir besuchen jetzt den Vater Christian Luksch!“

Leutnant Friedhelm Matzinger und sein Kollege Bezirksinspektor Heinrich Glatzl rüttelten und klopften an die Haustüre der Villa Luksch, aber es rührte sich nichts.

„Er sollte zuhause sein. Sein Auto ist in der Garage und das Garagentor ist offen.“

„Gibt es vom Inneren der Garage einen Eingang in das Haus?“

„Ja. Aber wir sollten…“

„Es ist Gefahr im Verzug – wir müssen handeln!“

Da die Garage und auch die Tür, die ins Innere der Villa führte, offen waren, drangen die beiden Beamten auf diese Weise in das Haus ein.

„So ein Leichtsinn – alles offenzulassen! Eine Einladung für Diebe! Sowas gehört verboten!“

Es war still im Haus.

„Hallo, Polizei! Ist da jemand?“

Doch so sehr sie auch riefen und lärmten – es rührte sich nichts.

Bis sie ins Schlafzimmer vordrangen. Da lag er! Auf dem Bauch, wie tot. Doch das war er nicht. Nach dem Alkoholgeruch in der abgestandenen Luft zu urteilen war klar, was mit ihm los war. Der Landesrat war stockbetrunken und dadurch fast bewusstlos. Es kostete sie einige Ohrfeigen und einen Krug kaltes Wasser, um ihn wach zu bekommen.

„Was zum Teufel…“, lallte er vor sich hin, bis – ja, bis er erkannte, wer da vor ihm stand. Adrenalin schoss ihm durchs Blut und er war plötzlich hellwach.

„Polizei? Was wollen Sie bei mir daheim und überhaupt –
wie sind Sie hereingekommen?"

„Kommen Sie; es ist etwas passiert und wir brauchen Sie im
Präsidium."

Sehr unwillig kam er mit. Er war so betrunken, dass sie ihn
fast in den Wagen schleifen mussten. Der Leutnant hatte nun den
Eindruck, dass die Trunkenheit teilweise gespielt war. Warum
bloß? Was wollte er damit erreichen?

Im Präsidium bekam er einen halben Liter starken Kaffee und
wurde in einen der Verhörräume gesetzt und eine Zeit allein ge-
lassen, um ihn zu beobachten.

Inzwischen hatte Kurt Thiemig nach dem Anruf am neuen Tatort und der Einberufung des Horst Thurner den Bericht des Re-
vierinspektors Johann Spreitzhofer angehört:

Bericht des Revierinspektors Johann Spreitzhofer

„Ich habe gemeinsam mit der Bediensteten Henriette Riedl
und Gerti Stangl sowie einem uniformierten Beamten die
Höhere Lehranstalt für wirtschaftliche Berufe in der Eybner-
straße besucht. Wie sich herausstellte, waren sowohl Christa
Luksch als auch Horst Thurner und Roland Rieder dort ein-
geschrieben.

Also, was die Christa betrifft, war sie nicht sehr beliebt bei
ihren Mitschülern und -schülerinnen. Sie galt als hochmütig,
eigenbrötlerisch und hatte keine Freunde oder Freundinnen in
der Schule. Im Gegenteil! Sie wurde gemobbt und im Internet
schlimm verleumdet. Man nahm es ihr übel, dass sie eines Landesrates Tochter war. Sie ertrug dies mit stoischer Ruhe.

Die Direktion versuchte, die Internet-Lügen ihrer Mitschüler und Mitschülerinnen zu unterbinden. Doch vergeblich! In-
ternet-Idioten waren kaum zu fassen. Als allerdings klar wurde,
dass Horst Thurner ausgerechnet sie zu seiner festen Freundin
erwählte, wurden sie vorsichtiger. Mit dem kräftigen Burschen
durfte man sich nicht anlegen. Horst Thurner war ein intelli-

genter, aber mittelmäßiger Schüler. Statt zu lernen, trieb er sich angeblich lieber mit Mädchen herum. Ein Mädchenschwarm!

Er schaffte es trotzdem, das Vertrauen der Christa Luksch zu gewinnen. Sie schienen sich gut zu verstehen. Eines Tages wurde er mit Kopfverletzungen in das Spital eingeliefert und er gab nie bekannt, wer ihn verletzt haben könnte. Da Christa Luksch ihn nie im Spital besuchte – immerhin drei Wochen – und noch dazu mit ihm Schluss machte, brodelte die Gerüchteküche, dass sie ihm die Verletzungen zugefügt hätte. Die Schadenfreude war groß und als es Roland Rieder in diesen drei Wochen ebenfalls schaffte, Christa für sich zu gewinnen, gab es einen Sturm der Schadenfreude im Internet. Auch die Toiletten wurden mit Sprüchen gegen Horst Thurner beschmiert.“

„Das heißt, die Verletzungen wurden von Christa und nicht von Roland Rieder zugefügt?“

„Da ist sich niemand so ganz sicher. Allerdings am ersten Schultag nach den Ferien hat Horst Thurner den Roland Rieder auf offenem Platz vor der Schule verprügelt und dieser hat sich nicht gewehrt. Deshalb das Gerücht, dass Christa Luksch den Horst so zugerichtet hatte, weil er, wie er es früher bei den anderen Mädchen gewohnt war, zudringlich wurde!“

„Was sagt man über Roland Rieder?“

„Roland war ein schlanker, eher zierlicher Junge im gleichen Alter. Niemals hätte er sich mit Horst anlegen können. Angeblich waren sie bis dahin beste Freunde. Er war ruhig und ausgeglichen, ein guter Schüler. Offensichtlich waren sie beide hinter Christa her!“

„Sagen Sie – hatte Christa tatsächlich keine Freundin? Das ist für eine 16-Jährige kaum zu glauben.“

„Sie hat angeblich schon eine, die ist aber nicht auf dieser Schule. Eine Nachbarin oder so. Niemand wusste da etwas Genaueres.“

„Dann danken wir vorerst. Wie steht es mit der Fahndung nach Gerhard Riegler?“

„Da er praktisch auf der Straße lebt, kann er überall sein, aber wir sind dran.“

Horst Thurners ‚Umfall‘

Inzwischen war Horst Thurner eingetroffen. Bislang ohne Rechtsanwalt.

„Kennen Sie Roland Rieder?“

„Natürlich kenne ich Roland. Er ist mein bester Freund und Schulkollege.“

„Ja, und wie wir hörten Rivale um die Gunst einer gewissen Christa Luksch.“

Horst zuckte zusammen und seine Augen weiteten sich.

„Und wenn schon! Wen geht das was an?“

„Wie war Ihr Verhältnis zu Roland Rieder?“

„Was heißt *war*? Wir sind zwar, wie Sie schon sagten Rivalen um die Gunst von Christa Luksch, aber dennoch beste Freunde!“

„Wer soll Ihnen denn das glauben? Hatten Sie nie Auseinandersetzungen wegen des Mädchens?“

„Doch, doch, die hatten wir, und zwar, weil er sich während meines Spitalaufenthaltes an sie rangemacht hatte. Das fand ich unter Freunden unfair!“

„Und?“

„Nichts und. Ich habe ihn ordentlich vermöbelt, wie Männer es tun. Jetzt weiß er, was ich davon halte. Mit unserer Freundschaft hat das nichts zu tun. Jetzt wird der Bessere gewinnen. Das werde vermutlich sowieso ich sein. Sie wollte mich vermutlich nur bestrafen, weil ich ihr zu nahe getreten bin. Aber was soll das? Wozu fragen Sie mich das? Ich dachte, es gibt noch Fragen wegen meiner zufälligen Anwesenheit in der Nähe des Brandortes! Was ist mit Roland?“

Thiemig konnte nicht mehr an sich halten. Obwohl ihm Glatzl verboten hatte, sich einzumischen, platzte er heraus:

„Ach, tun Sie doch nicht so scheinheilig! Roland Rieder war in dem Häuschen und ist dort verbrannt!“

„Waaas…?“

Horst Thurner sprang so heftig auf, dass er rücklings über den Stuhl kippte und nach hinten fiel. Er schlug schwer mit dem Kopf auf und war bewusstlos.

Herr Thurner, der Vater von Horst, hatte inzwischen den Rechtsanwalt alarmiert und dieser kam genau rechtzeitig zu der Situation dazu, als man vereint versuchte, Horst wach zu bekommen.

„Aha! Polizeigewalt! Jetzt habe ich euch einmal auf frischer Tat ertappt! Das gibt eine fette Anzeige und einen Artikel in der Zeitung!“

Es nützten keine Beteuerungen. Der Mann ließ sich nicht erweichen.

Er ließ Horst ins Krankenhaus überweisen, um Zeugen zu haben.

Major Magnus Westermayer war sauer auf seine Mitarbeiter. Aber er konnte nichts machen. Es gab eine Anzeige an die Innere Abteilung wegen Polizeigewalt.

In all der Aufregung hatten sie auf Christian Luksch vergessen. Der lag auf dem Tisch und schlief seinen Rausch aus. Der bewachende Beamte zuckte mit den Achseln.

„Ich hatte keine Anweisungen und ihr seid nicht gekommen. So war es das Beste und er gab Ruhe!“

„Sperrt ihn in eine der Zellen. Er soll seinen Rausch ausschlafen. Morgen ist auch noch ein Tag.“

Es reichte ihnen.

Der Major Magnus Westermayer verbot seinen Männern, auch nur in die Nähe von Horst Thurner zu kommen, ehe sie nicht handfeste Beweise für seine Schuld hatten. Ein Skandal war sowieso nicht mehr zu vermeiden.

Sie dachten, das Rätsel beinahe gelöst zu haben – es fehlten nur die besagten handfesten Beweise.

Der Meinung war auch Staatsanwältin Eleonore Mayereder, nachdem Heinrich und Kurt ihre Misere gebeichtet hatten. Sie glaubte nicht daran, dass die Beamten Horst Thurner bewusstlos geschlagen hatten. Eine Untersuchung der Internen würde auch sie nicht verhindern können.

Die DNA-Untersuchung der Haare aus der von Herrn Rieder mitgebrachten Haarbürste ergab mit Sicherheit, dass es sich bei dem verbrannten Opfer um Roland Rieder handelte.

Sie war nach wie vor der Meinung, dass Gerhard Riegler die Schlüsselfigur des Ganzen wäre. Vor allem, weil die Fahndung nach ihm bisher keinen Erfolg zeitigte.

Vernehmung Christian Luksch, Landesrat in Niederösterreich zust. für Finanzen und Besitzer der Luksch-Werke
Christian Luksch hatte die Nacht in der Zelle nicht nur genutzt, um nüchtern zu werden – er hatte sich auch eine Strategie zurechtgelegt, um heil aus dieser Sache zu kommen.

„Geht es Ihnen besser?"

„Alles bestens! Ich habe mich gestern einfach zugeschüttet."

Bezirksinspektor Heinrich Glatzl räusperte sich. Die folgenden Worte fielen ihm schwer.

„Wir haben eine schlechte Nachricht für Sie."

Heinrich unterbrach und sah hilflos zu seinem Partner Kurt Thiemig.

Dieser vervollständigte den Satz: „Wir haben Ihre Tochter erschossen aufgefunden."

Die Reaktion des Landesrates war eine andere, als erwartet.

Er schüttelte traurig den Kopf und sagte: „Also hat sie es doch getan! Ich habe es gefürchtet, weil sie nicht nach Hause gekommen ist!"

„Was soll das heißen, Sie haben es gewusst?"

„Geahnt! Deshalb habe ich mich so besoffen!"

„Was ist passiert, nachdem Sie mit ihrer Tochter das Präsidium verlassen haben?"

„Sie ist im Auto gesessen und hat immer nur geheult ‚Ich bin schuld, ich bin schuld.' Dann sollte ich stehen bleiben. Sie öffnete das Seitenfach, in dem ich meinen Revolver liegen hatte, packte ihn und sprang aus dem Wagen, ehe ich reagieren konnte. Sie – ich habe 136 Kilo. Ich wäre nicht in der Lage gewesen, sie aufzuhalten oder einzuholen!"

„Sie hätten die Polizei rufen können!"

„Sie haben eine geladene Waffe im Handschuhfach Ihres Wagens?"

„Ich bin Politiker. Ich brauche sie zu meinem Schutz!"

„Sie wissen schon, dass es den Bestimmungen widerspricht, oder seid ihr Politiker von den Gesetzen ausgenommen?!"

Der Landesrat überhörte geflissentlich diese Anspielung.

„Ich habe doch zuerst nicht geglaubt, dass sie sich wirklich etwas antun wollte. Sie hat das schon so oft angedroht, dass ich es nicht ernst nahm! Erst, als sie nicht nach Hause kam…"

Er verstummte und war offensichtlich nahe am Weinen.

„Sie ist erst 16. Was könnte sie schon so viel erlebt haben, um öfters Selbstmord anzukündigen?!", zweifelte Heinrich Glatzl.

„Ich weiß es doch nicht. Sie hat ihre Mutter früh verloren. Sie war unglücklich verliebt und sie klagte, in der Schule schlimm gemobbt zu werden. Wissen Sie, was in so einem jugendlichen Gehirn vor sich geht, wenn es keine Freunde hat?"

„Wie wir erfahren konnten, hatte sie sogar die Wahl zwischen zwei Freunden, die sich sogar um sie gestritten haben."

„Davon weiß ich nichts; das hat sie mir verschwiegen."

Man konnte dem schwergewichtigen Mann ansehen, dass dieses Thema für ihn sehr unangenehm war.

„Ich bin Alleinerzieher und das schon seit zehn Jahren, seit dem Tod ihrer Mutter. Es gibt Dinge, die erzählt man dem Vater nicht – bei allem Vertrauen, das sonst herrschen mag. Man kann ein 16-jähriges Mädchen doch nicht einsperren. Ich habe als Landesrat und als Unternehmer alle Hände voll zu tun. Ich kann und will doch mein Kind nicht ständig überwachen. Das wäre ja auch kaum möglich."

Thiemigs Gedankengerüst über diesen Fall brach zusammen. Es war tatsächlich so. Es gingen ihnen die Täter aus. Was könnten sie ihm vorwerfen? Dass er die Polizei nicht über einen möglichen Suizid benachrichtigte? Das war sicher eine Dummheit! Aber strafbar?

Nachdem Herr Luksch seine Tochter identifiziert hatte, konnte er unbehelligt nach Hause gehen.

„Irgendwie kann ich ihm nicht glauben.", brummelte Thiemig unzufrieden.

„Als Vater hätte er doch verhindern müssen, dass seine Tochter mit einer Pistole in der Hand wegläuft! Ich hätte zumindest die Polizei um Hilfe gerufen; aber er fährt nachhause und säuft sich an!"

„Wir stehen am Anfang.", meinte Heinrich müde. „Das mit dem Handy passt nicht. Wir müssen weiter ermitteln."

„Jetzt haben wir zwei Tote und sind so klug wie zuvor!"

„So schlimm ist es nicht! Auch nach dem Wegfall von Christa Luksch haben wir drei Verdächtige, den Vater eingeschlossen."

„Tja – und Gerhard Riegler ist auch nicht aufgetaucht."

„Möglicherweise haben wir ihn falsch eingeschätzt."

Thiemig zuckte mit den Schultern.

„Er hat nach wie vor kein Motiv. Mein Verdächtiger ist Luksch!"

„Wo sollte dessen Motiv liegen?"

„Es fehlen uns Beweise!"

„Wir konnten nicht herausfinden, warum Christa Luksch das Bett anzünden wollte."

„Ja, und auch nicht, was der Verstorbene und Horst Thurner dort zu suchen hatten. Beide waren mit Christa eng befreundet. Was ist da geschehen?"

„Genau, und wie passt Gerhard Riegler in dieses Trio?"

In diese Stimmung platzte Pathologe Gary Strobl.

„Ich weiß nicht, ob es euch hilft, aber das Mädchen war schwanger!"

Glatzl und Thiemig sahen sich mit bedeutungsvollen Mienen an.

„Ja – in der siebenten Woche!"

„Gary – vielen Dank, das hilft uns weiter!"

„Das würde einige Dinge erklären! Können Sie sagen, wer der Vater ist?"

„Bis jetzt noch nicht! Die mir vorliegenden DNA-Proben von Horst Thurner, Roland Rieder und Gerhard Riegler stimmen nicht überein. Tut mir leid, es muss noch jemand anderen geben."

Damit legte er auf und ließ zwei völlig verdutzte Beamte zurück.

„Eben dachte ich noch, wir haben die Lösung.", murmelte Glatzl.

„So einfach macht es uns das Schicksal nun doch nicht.", bestätigte Thiemig.

„Das könnte die unselige Bettenverbrennung, den Brandmord und auch einen eventuellen Selbstmord erklären.", stieß Glatzl heraus.

„Es ist kein Selbstmord gewesen – denken Sie an das Handy!"

Glatzl fing an, diesen Thiemig zu hassen. *Kann er nicht einfach den Mund halten? Was hilft's – er hat recht!*

„Sie würde doch nicht den zukünftigen Vater ihres Kindes töten!"

„Sie wusste möglicherweise nicht, wer der Vater ist."

„Sie ahnte vielleicht gar nicht, dass sie schwanger ist! Das Motiv für den Mord an Roland Rieder liegt ganz eindeutig nicht bei Christa!"

„Schwangere Frauen benehmen sich emotional oft höchst seltsam, vielleicht hormongesteuert. Da könnte es schon zu Verzweiflungstaten kommen.", beteuerte Thiemig.

Bezirksinspektor Heinrich Glatzl winkte lässig ab. Er hatte sich von der Überraschung erholt.

„Wir brauchen den Schwängerer. Dann könnte sich alles aufklären. Wir müssen im Umfeld der Jugendlichen neuerlich recherchieren.

Das soll Revierinspektor Johann Spreitzhofer mit einigen Streifenbeamten erledigen." Er griff zum Handy.

„Johann ist informiert, wir aber müssen Staatsanwältin Eleonore Mayereder von den Neuigkeiten berichten!"

„Sie wollen ihr allen Ernstes ohne einen Erfolg bei der Fahndung nach Gerhard Riegler unter die Augen treten?", fragte Thiemig erstaunt.

„Was sollen wir sonst tun? Wir haben ihn nicht!"

„Ich würde mir etwas Zeit lassen, vielleicht wird er ja doch noch gefunden."

Die Entscheidung wurde vertagt, denn das Sekretariat meldete die Anwesenheit von Horst Thurner und dessen Vater.

Horst Thurners Rückkehr

Der Chef Rat Magnus Westermayer hatte den Beamten zwar verboten, ohne Beweise auch nur in die Nähe von Horst Thurner zu kommen – aber wenn er von selber kam?

Deshalb begrüßten sie die beiden sehr freundlich und zurückhaltend.

Doch es kam anders, als sie sich gedacht hatten.

Während Horst mit einem Turban aus Verbandstoffen still, leise und offensichtlich bedrückt in dem Stuhl kauerte, schüttelte Vater Thurner fast überschwänglich die Hände der Beamten.

„Wir sollten uns entschuldigen, weil wir uns geirrt haben. Der Rechtsanwalt hat einen unnötigen, öffentlichen Skandal aus dem unseligen Sturz meines Sohnes beim Verhör …"

„Es war eine Befragung!", unterbrach Thiemig und holte sich einen bösen Blick von Glatzl.

„Na gut – jedenfalls hat uns Horst aufgeklärt, dass Sie an dem Vor- beziehungsweise Rückfall unschuldig sind. Wir sind auch bereit, dies öffentlich in der Gemeindezeitung zu berichtigen."

„Danke, das wäre sehr nett und befreit uns von vielen Schwierigkeiten.", beeilte sich Heinrich Glatzl diensteifrig zu versichern.

Auch Thiemig schien es, als fiele ihm ein Druck von seinem Herzen. Ein Disziplinar, so am Anfang seiner Karriere, wäre nicht toll gewesen. Jetzt waren sie beide froh, noch nicht bei der Staatsanwältin vorgesprochen zu haben. Ein Punkt weniger, der ihr Ärger machte.

„Jetzt, wenn Sie schon hier sind. Wären Sie einverstanden, dass wir mit der Befragung Ihres Sohnes fortfahren? Er könnte uns Aufschlüsse über das Fräulein Luksch, Roland Rieder und deren Umfeld geben!"

„Sie befragen ihn also als Zeugen – nicht als Beschuldigten?", fragte Papa Thurner und wirkte plötzlich wieder sehr angriffslustig.

„Selbstverständlich als Zeugen!", beeilte sich Glatzl zu sagen.

„Das hat sich vorgestern aber anders angehört!", stieß Horst Thurner zwischen den Zähnen hervor.

„Wir gestehen, das war ein Fehler. Wir waren noch ganz unter dem seelischen Eindruck des Unglücks. Wir entschuldigen uns dafür. Irgendwie dachten wir, ganz schnell zu einem Ende zu kommen, bevor Ihr Rechtsbeistand da war. Dafür entschuldigen wir uns."

„Man hat mich bei der Abholung wohl über meine angeblichen Rechte belehrt, dann aber nichts eingehalten. Sie haben mich sofort mit Anschuldigungen überfallen. Das Ergebnis war dieses!", er zeigte bedeutungsvoll auf seinen Kopfverband.

Glatzl und Thiemig gaben sich geknickt und reuig.

„Ich hoffe, Sie können uns verzeihen. Wir sind auch nur Menschen und der unmittelbare Anblick eines völlig verbrannten jungen Menschen hat uns offensichtlich zugesetzt."

„Wir sind nicht so abgebrüht, dass uns das nichts ausmachen würde."

Vater Thurner räusperte sich.

„Nun, mein Sohn – wollen wir verzeihen?"

Horst brummelte etwas vor sich hin, was wie eine Zustimmung klang.

Nun wurde Glatzl sofort geschäftig.

„Gut, also … wir setzen Sie erstmal in den Fauteuil, damit Sie nicht wieder umfallen können."

Das kostete sie erstmals einen Lacher und entspannte die Stimmung.

„Sie sind als Zeuge geladen. Dazu machen wir Sie aufmerksam, dass Sie verpflichtet sind, die Wahrheit zu sagen. Sie brauchen sich aber nicht selbst mit einer Straftat belasten. In diesem Fall können Sie die Aussage verweigern und wir werden den Akt an die Staatsanwaltschaft weitergeben. Haben Sie das verstanden? Wir wollen diesmal sichergehen, alles richtig zu machen."

Horst hatte verstanden, wollte aber im Beisein seines Vaters nicht aussagen. Das ergab den Umstand, dass sie auf den Rechtsanwalt als Beistand warten mussten, während Horst seinem Vater klarzumachen versuchte, warum dieser nicht dabei sein durfte.

Inzwischen kam die Meldung, dass Lukschs Waffe im Falle des verbrannten jungen Mannes wohl die Tatwaffe sein könnte, was aber auf Grund des Zustands der Leiche nicht beweisbar war.

Inzwischen war Dr. Georg Hartner, der Rechtsbeistand des Horst Thurner, eingetroffen. Auch ihm war es peinlich, dass er ohne Horst zu fragen einen Mediensturm gegen die Polizisten angezettelt hatte.

Seine Entschuldigung wurde wohlwollend entgegengenommen.

„Horst Thurner, wir vernehmen Sie vorerst als Zeuge. Das heißt: Sagen Sie uns die Wahrheit und nichts als die Wahrheit!"

„Was heißt hier ‚vorerst'?!", meldete sich Dr. Hartner.

„Das heißt, dass wir im Moment davon ausgehen, dass Herr Thurner mit der Erschießung des Herrn Rieder nichts zu tun haben dürfte.

Nur der Zusammenhang mit der Anwesenheit am Tatort und den Geschehnissen ist uns nicht klar!"

„Das habe ich Ihnen schon bei der ersten Einvernahme erklärt!", entgegnete Dr. Hartner kämpferisch, „Er war auf einem Weg außerhalb des Grundstückes und ist zufällig vorbeigekommen!"

„Hörten wir! Nur wir haben inzwischen mehr Informationen und wissen daher, dass dies nicht so war!", sagte Glatzl mit übertrieben ernstem Gesicht.

„Horst! – Wollen Sie nicht mithelfen, den Fall zu klären, oder haben Sie etwa vor, sich weiter hinter ihrem Anwalt zu verstecken!?", stieß Thiemig nach.

Dr. Hartner sprang auf und wollte etwas entgegnen, aber Horst winkte ab.

„Schon gut. Ich werde aussagen. Was wollen Sie wissen?"

„Was wollten Sie wirklich in der Nähe der Hütte zu diesem Zeitpunkt?"

Horst stützte den Kopf in die Hände. Es war ihm sichtlich unangenehm, darüber zu sprechen.

Als Horst nach einigen Minuten noch immer keine Anstalten zu einer Aussage machte, ließ Bezirksinspektor Heinrich Glatzl die Bombe platzen.

„Wussten Sie, dass dieses Mädchen schwanger war?"

Es wirkte wirklich wie eine Bombe! Wäre Horst nicht in dem Fauteuil gesessen, hätte es ihn möglicherweise wieder beim Aufspringen überschlagen. Diesmal waren die Beamten vorgewarnt und drückten ihn sofort nieder.

„Waaas…?! Hat etwa Roland in der Zeit, als ich im Krankenhaus lag…?"

„Sie haben also mit Christa nicht geschlafen!", stieß Thiemig nach.

„Nein! So weit ist es doch nie gekommen! Sie hat mich, als ich mich sexuell nähern wollte, krankenhausreif geschlagen!"

„Also war das sie und nicht Roland Rieder!"

„Sie hat mich völlig überrascht und mit den Füßen ins Gesicht getreten! Hat Roland…?"

„Wir wissen definitiv, dass weder Sie noch Roland noch Riegler als Vater in Betracht kämen!"

„Dann muss sie vergewaltigt worden sein, denn während sie auf mich eintrat, sagte sie: ‚Du Schwein; du dreckiges Schwein! Du bist auch nicht besser!', und rannte wie vom Teufel gejagt davon."

„Sagte sie wirklich: ‚Du bist auch nicht besser?' Da fragt man sich: Besser als wer?"

„Genau das habe ich mich auch gefragt. Deshalb habe ich sie überwacht. Ich war heimlich immer da. Ausgerüstet mit Fahrrad, Feldstecher und Fernmikrophon, um sie zu belauschen. Mein gesamtes Erspartes hatte ich dafür ausgegeben, um bei ihren Gesprächen mithören zu können und herauszufinden, wen es noch geben könnte."

„Das nennt man beharrliche Verfolgung oder Stalking und ist strafbar! Ist Ihnen das bewusst?!", rief Glatzl angeekelt.

„Um strafbar zu sein muss eine Kontaktaufnahme oder eine andere Beeinträchtigung der verfolgten Person geschehen!", warf sofort Dr. Hartner ein.

„Das ist jedenfalls die Antwort auf Ihre Frage, warum ich in der Nähe des Brandortes war."

„Erzählen Sie uns, was Sie gesehen haben!"

„Es gab nicht viel zu sehen. Sie schien es sehr eilig zu haben. Sie verschwand im ersten Zimmer. Ich wartete. Nach etwa zehn Minuten kam dieser Obdachlose an und ich dachte, er würde

zu ihr gehen. Doch nein! Er öffnete die Tür zu dem mittleren
Raum. Ich wunderte mich, dass er diesmal nicht verschlossen
war. Kaum hatte er die Türe geöffnet, krachte es auch schon.
Das Weitere wissen Sie selbst!"

„Danke! Das wäre es. Nur noch eine Frage: Hatte Christa
Luksch eine beste Freundin?"

„Ja, eine Gabriele Mosel. Sonst hatte sie keine Freundinnen.
Sie wohnt in dem Nachbarhaus und war die einzige Möglichkeit, Christa von zuhause loszueisen."

„Herr Thurner, wir danken Ihnen für diese ausführliche Aussage. Sie war sehr wertvoll und hat einige Unklarheiten beseitigt.
Wenn Sie dann bitte im Sekretariat Ihre Aussage unterschreiben,
dürfen Sie gehen. Wir danken auch Ihnen, Herr Dr. Hartner, dass
Sie den jungen Mann nicht unterbrochen haben."

Horst Thurner verließ mit hängendem Kopf gemeinsam mit
Dr. Hartner das Büro, in dem sie wegen des Fauteuils die Vernehmung durchgeführt hatten.

„Als Nächstes brauchen wir diese Freundin – wie hieß sie?"

„Gabriele Mosel. Sie kann uns vielleicht die näheren Umstän-
de der Bettverbrennung erklären.", meinte Thiemig.

„Oder der Vergewaltigung. Obzwar – wir wissen nicht, ob
es eine Vergewaltigung war."

„Die Bettverbrennung würde aber dafürsprechen."

„Ja und dafür, dass es sich um einen engeren Bekannten handeln müsste."

„Möglicherweise der Vater."

„Das wäre die Erklärung für vieles, was an diesem Fall sonderbar ist."

Da trafen sie Revierinspektor Johann Spreitzhofer.

„Ich wollte gerade zu Ihnen!", verkündete er fröhlich, „Wir
haben Gerhard Riegler! Er wurde unmittelbar nach seiner Einvernahme von einem Auto angefahren und verletzt ins Spital eingeliefert. Dort war er die ganze Zeit. Daran haben wir nicht gedacht. Weil er keine Krankenkasse und kein Geld hatte, wurde er
vorzeitig entlassen. Eine Funkstreife erkannte ihn und nahm ihn
vorläufig fest. Beim Präsidium angekommen, trafen wir Staatsan-

wältin Eleonore Mayereder, die ihn sofort in Gewahrsam nahm. Sie verhört ihn gerade!"

„Ohne uns ein Wort zu sagen!", ereiferte sich Glatzl.

„Lass ihr doch die Freude. Sie wird sich die Zähne ausbeißen!", lachte Thiemig schadenfroh.

„Richtig! Wir sprechen mit dieser Gabriele und nehmen uns Luksch noch vor. Mit einer DNA-Analyse könnten wir einen ersten Beweis haben!"

„Auch ein Motiv, seine Tochter zu ermorden und es als Selbstmord darzustellen!", bekräftigte Thiemig.

Aussage Gabriele Mosel, beste und einzige Freundin der Christa Luksch

„Erzählen Sie uns doch bitte von Christa Luksch und was sie Ihnen unter dem Siegel der Verschwiegenheit erzählt hat. Nun, da sie tot ist und vermutlich ermordet wurde, können Sie mithelfen, den Brand und den Tod aufzuklären."

Gabriele wischte sich Tränen aus den Augen.

„Es fällt mir nicht leicht und es liegt mir auch fern, jemanden zu beschuldigen. Ja! Christa war seltsam, verschlossen und benahm sich manches Mal unerklärlich bockig. Es war für mich nicht leicht, ihre Freundin zu sein. Ich nahm Christa jedoch einfach in Kauf, wie sie war. Ich stellte keine Fragen. Dadurch waren wir uns sehr nahegekommen. Das glaubte ich jedenfalls, bis zu diesem Ausbruch der Verzweiflung!"

„Welchen Ausbruch?", fragte Glatzl interessiert.

„Christa hatte mir sonst nur von den Problemen in der Schule erzählt. Von dem Internetmobbing und der Ausgrenzung durch die Mitschüler."

„Davon haben wir gehört." Glatzl würde die Aussage gerne abkürzen.

Diesmal handelte er sich einen bösen Blick von Thiemig ein.

„… von dem Horst und wie angenehm das Zusammensein mit ihm war. Das wiederum hat mir sehr geschmerzt, denn ich war schon lange vorher unsterblich, aber geheim, in Horst Thurner verliebt. Ich wusste, dass er ein Filou war, deshalb war ich so sehr verwundert, dass er sich durch Christa scheinbar verändert hatte.

Solange er mit ihr war, ließ er alle anderen Mädchen links liegen. Aber Christas Verhalten war zuletzt so eigenartig, dass ich ihr so lange zusetzte, bis sie zusammenbrach und schluchzend ihr nunmehriges Horrorleben erzählte. Es brach wie eine Sturzwelle aus ihr heraus. Ihr Vater missbrauchte sie seit ihrem sechsten Lebensjahr!"

„Wusste ich es doch! Deshalb die Bettverbrennung!" Thiemig wagte es nur innerlich zu jubeln. Auch Glatzl atmete erleichtert auf.

„Ich konnte nicht fassen, dass Christa dies alles jahrzehntelang verschweigen konnte. Ich dachte doch, dass wir miteinander und untereinander keine Geheimnisse hätten!"

„Das ist aber verständlich. So etwas ist mit viel Angst und Scham besetzt.", versuchte Thiemig, das aufgeregte Mädchen zu beruhigen.

Glatzl war heilfroh, dass Gabriele volljährig war und sie sich nicht mit ihren Eltern herumschlagen mussten. Sie erzählte unter Tränen weiter: „Ich dachte nur, dass Christa einen sehr strengen Vater hätte, der ihr nicht viel Freiraum ließ. Das wäre ja nach dem Tod seiner Frau und seiner plötzlichen Verantwortung als Vater verständlich und entschuldbar."

„Da haben Sie gar nichts unternommen?"

„Weil ich nun ratlos war, weihte ich den neuen Freund Christas, nämlich Roland Rieder, ein. Ich wollte ihn damit auch warnen, nicht den gleichen Fehler wie Horst zu begehen, denn ich mochte auch diesen liebenswerten, stillen Burschen. Ich fand, dass er besser zu meiner Freundin passte. Ich entschied mich zu dieser Indiskretion, obwohl Christa mich auf den Knien angefleht hatte, nichts weiter zu unternehmen. Es als Geheimnis zu bewahren, wie sie selbst es seit Jahren tat.

Ich war dazu nicht in der Lage. Die Situation belastete mich so sehr, dass ich Hilfe brauchte!"

„Sie hätten die Polizei informieren müssen!", brummte Thiemig verärgert, „Das hätte uns eine Menge Ärger erspart!"

„Wir haben unschuldige Menschen verdächtigt, sogar festgenommen!", schlug der Revierinspektor in die gleiche Kerbe.

Gabriele senkte schuldbewusst den Kopf.

„Das weiß ich jetzt auch. Aber Christa lebte noch! Ich hatte ein Geheimnis zu bewahren, doch das überforderte mich. Ich musste es jemandem erzählen. An wen könnte ich mich wenden? Es fiel mir nur Roland ein. Ich fand, als Christas neuer Freund sollte er nicht, so wie ich selbst, belogen und hintergangen werden, was Christas Schicksal betraf. Ich hatte nur nicht bedacht, dass es ihm ähnlich wie mir gehen könnte!"

„So ein Geheimnis ist doch eine schwere Belastung.", stimmte Thiemig betroffen zu.

„Außerdem ist es strafbar, wenn man Kenntnis von einem Verbrechen hat und schweigt!", ereiferte sich Glatzl. Es fehlte ihm eindeutig an Empathie.

„Dann dachte ich auch: Möglicherweise wird Roland mit dem Wissen nicht fertig. Ich fürchtete nun, dass er es weitersagen würde, oder selbst etwas unternehmen könnte. Ich selbst konnte es ja auch trotz der flehentlichen Bitten Christas nicht bei mir behalten. Das wäre eine Katastrophe. Christa wollte die Sache selber klären. Denn als sie sich ein wenig beruhigt hatte, sprang sie auf und sagte: ‚Das muss ein Ende haben. Ich werde dafür sorgen!' Sie wirkte dabei sehr entschlossen.

Was, wenn ihr nun Roland unwissentlich in die Quere käme, weil er etwas unternehmen wollte? Ich wagte es kaum, mir auszudenken, was alles passieren könnte, weil ich Roland einweihte.

Tatsächlich passierte mehr, als ich mir in Alpträumen ausmalen mochte! Dass Roland tot ist, ist vermutlich meine Schuld, denn er wollte den Vater trotz meiner Bitten zur Rechenschaft ziehen!"

„Daher hat dieser die Verletzungen! Roland hat ihn verprügelt!", erkannte Glatzl die Lage.

„Jawohl, und Luksch hat ihn brutal erschossen und den Hüttenbrand geplant, um ihn dann dem Gerhard Riegler in die Schuhe zu schieben, beziehungsweise ihn damit gleichzeitig loszuwerden, genauso, wie wir gedacht hatten, es aber nicht beweisen konnten!", jubelte Thiemig, zeigte seine Freude aber nicht ersichtlich.

Er hatte es doch vorhergesagt.

Inzwischen hatten Polizisten den sträubenden Christian Luksch festgenommen und in einen der Verhör-Räume gebracht.

Dort tobte er.

„Das werden Sie bereuen! Sie können sich schon vorbereiten, Verkehrsdienst zu schieben. Ich bin Landesrat und habe Verbindungen!"

Glatzl und Thiemig ließen ihn eine Weile im Unklaren sitzen und besuchten den Nebenraum. Dort saß schwitzend Eleonore Mayereder, um aus Gerhard Riegler irgendeine für sie brauchbare Aussage zu locken.

Glatzl und Thiemig schauten durch den Spiegel zu und amüsierten sich.

Sie wurden vom Major Magnus Westermayer in ihrem Amüsement brutal unterbrochen:

„Was haben Sie hier zu tun? Hat der Mann gestanden?"

„Das glauben wir nicht, denn wir haben den Täter in der Nachbarkabine und wollten es eben der Frau Staatsanwältin mitteilen!" Major Westermayer sah seine Inspektoren prüfend an:

„Sie haben doch etwas vor. Weihen Sie mich ein!"

„Sie hat Gerhard Riegler festgenommen, obwohl wir wiederholt gesagt haben, dass er unschuldig ist. Sie aber hat sich auf ihn festgelegt und verhört ihn, ohne uns Bescheid zu geben!"

„So denken wir, dass sie sich ein wenig dafür plagen soll!", bekräftigte Thiemig.

Rat Magnus Westermayer schaute grimmig drein, aber insgeheim musste er lächeln. „Sofort klären Sie Eleonore auf und beenden diese Farce!", sagte er und verschwand in Richtung seines Büros, um nicht loszulachen.

Er fand, Staatsanwältin Eleonore Mayereder hatte diesen Streich verdient, denn sie verhinderte mit ihren Zögerlichkeiten manchmal ihre Arbeit.

Glatzl unterbrach Eleonores Verhör, während sich Thiemig zu dem inzwischen beruhigten Christian Luksch in die Nachbarkabine setzte.

„Frau Staatsanwältin! Haben Sie einen Augenblick?"

Staatsanwältin Eleonore Mayereder war froh, das Verhör ein wenig unterbrechen zu können. Sie war mit Gerhard Riegler keinen Schritt weitergekommen.

„Sie hatten recht! Er ist ein harter Brocken! Er beharrt darauf, von dem Landesrat zu der Hütte bestellt worden zu sein und angeblich von der Leiche im Stroh nichts gewusst zu haben. Das aber ist äußerst unglaubwürdig, doch anderseits ist weit und breit kein Motiv in Sicht.", meinte sie betrübt.

Glatzl frohlockte innerlich. Er gönnte Staatsanwältin Eleonore Mayereder diese Niederlage. Er konnte sich nicht verkneifen, einen Vorwurf loszuwerden:

„Warum haben Sie mit dem Verhör begonnen, ohne uns Bescheid zu geben? Im Allgemeinen arbeiten wir doch gemeinsam an den Fällen, jedenfalls einvernehmlich. Wir sind inzwischen klüger geworden. Wir hatten aber noch keine Zeit, zu berichten. Die Aussagen mussten noch überprüft werden."

„Ich wollte keine Zeit verlieren. Untersuchungsrichter Erwin Kratochwil, mit dem ich gut befreundet bin, quälte mich, ob wir denn in diesem Fall noch nicht weitergekommen sind."

„Ich möchte Ihnen gerne den wahren Täter vorstellen. Wir haben Beweise, es fehlt nur noch das Geständnis."

Die Reaktion der Staatsanwältin war für Glatzl sehenswert.

Sie ruckte hoch, riss die Augen ungläubig auf und stotterte herum.

„Das ist nicht wahr!"

„Doch – Sie können sich natürlich weiter mit Riegler plagen, während wir den Landesrat fertig machen.", frohlockte Glatzl mit gespielter eiserner Miene.

„Der Luksch? Das kann nicht sein!"

„Doch – wir haben Ihnen von unserem Verdacht berichtet. Wir hatten damals nur Vermutungen und den Verdacht."

„Ist jetzt alles hieb- und stichfest? Wegen der politischen Brisanz können wir uns in diesem Fall einen Irrtum nicht leisten!"

„Allerdings! Beweise und Motive. Falls Sie bei dem Verhör dabei sein wollen, er sitzt nebenan."

Jetzt erklärte Glatzl seiner Staatsanwältin auf die Schnelle den Stand ihrer Ermittlungen. Sie konnte es kaum glauben und war ganz begierig darauf, dabei zu sein. Sie wollte aber nur durch den Spiegel zusehen. Sie hatte für heute genug von Verhören.

Gerhard Riegler wurde mit vielen Entschuldigungen wieder fortgeschickt.

Verhör Christian Luksch, Landesrat in Niederösterreich zust. für Finanzen und Besitzer der Luksch-Werke

Christian Luksch merkte durch das Verhalten der Beamten, dass es diesmal anders laufen würde. Sie hatten etwas gegen ihn in der Hand! Er überlegte, wie er sich diesmal aus der Patsche holen könnte. Doch als Glatzl den Verhörraum betrat, wurde bald klar, dass er chancenlos war.

„So – Herr Landesrat. Sie haben sich eines Inzests und zweier Morde schuldig gemacht!"

„Sie sind belehrt worden. Sie können auch einen Rechtsbeistand zur Seite holen. Dann werden wir Sie dem Untersuchungsrichter vorführen. Unser Vorschlag ist: Legen Sie ein freiwilliges Geständnis ab. Wir haben DNA-Beweise und Zeugenaussagen. Sie kommen aus der Sache nicht mehr heraus. Es wird sich auf Ihr Strafmaß mildernd auswirken. Das wissen Sie!"

Christian Luksch sackte zusammen.

„Erklären Sie doch mit Ihren Worten, wie es dazu kam."

„Also, das mit dem Inzest stimmt nicht. Christa ist nicht meine Tochter. Sie ist ein Produkt eines Seitensprunges meiner verstorbenen Frau!"

„Das macht die Sache für Sie nicht leichter. Sie haben sie seit ihrer Kindheit missbraucht!", ereiferte sich Heinrich Glatzl.

Christian Luksch nickte mit dem Kopf.

„Vor fast zehn Jahren habe ich meine geliebte Frau bei einem Verkehrsunfall verloren!"

„Geliebte Frau? Obwohl Sie von ihr betrogen wurden?"

„Natürlich! Das war Jahre her. Ich habe ihr verziehen und Christa als meine Tochter angenommen!"

„Damit Sie jemanden zum Missbrauch haben!“, warf Glatzl ein.
Luksch überhörte den Vorwurf.

Er war völlig mit seinen Gedanken beschäftigt. Endlich konnte er darüber reden. Es war wie eine Befreiung.

„Wir sind bei dem Unfall beide betrunken gewesen. Damals schied ich aus der Bundespolitik aus und hatte nach einiger Zeit, bis ein wenig Gras darüber gewachsen war, in der Landespolitik weitergemacht. Inzwischen bin ich ein angesehener Landesrat und bekam das Goldene Verdienstzeichen der Republik. Diese Auszeichnung wäre das mögliche Eintrittsticket in die Regierung.

Wie die Zeit vergeht! Damals war das Mädchen sechs Jahre alt.“

Glatzl und Thiemig nickten sich zu. Das Geständnis lief in die richtige Richtung.

„Das geliebte Kind hatte mir all die Jahre meine Frau ersetzt. Sie war ein stilles, ernstes Mädchen. Als sie noch klein war, erheiterte sie die Menschen, weil sie immer so altklug war. Jetzt kam Christa wohl in das Alter, da man auf sie aufpassen musste. Ich wollte sie nicht an einen der Testosteron-Junkies verlieren, die um sie herumschlichen. Ich war mir dieser Gefahr bewusst, doch ich konnte sie ja nicht einsperren. Oder vielleicht doch?“

„Aber das ist doch ekelhaft!“ Jetzt war Thiemig bestürzt und angeekelt.

„Ungeheuerlich!“, stöhnte Eleonore Mayereder im Nebenraum.

Luksch ließ sich nicht stören und sprach unbeirrt weiter:

„Christa hatte sich toll entwickelt. Schön ist sie geworden! Mit anmutiger Gestalt – ja, bereits mit allen Anzeichen einer jungen Frau. Sie war schöner und strahlender als ihre Mutter!“

Bei diesem Gedanken huschte eine leichte Wehmut über sein Antlitz.

„Wie kam es nun zu dem Mord an Roland Rieder?“

Dieses Geständnis anzuhören war für Thiemig fast unerträglich.

Glatzl blieb da viel gelassener. Er hatte schon viel erlebt in seinem Job.

Er war nicht so zart besaitet.

„Ich wollte also diesen Tag besonders feiern. Mit Christa natürlich. Aber irgendetwas stimmte mit ihr nicht. Sie schlug die

Türe zu und rannte davon. Das hatte sie noch nie gemacht. Also genehmigte ich mir frustriert einige Drinks und bin offensichtlich berauscht eingeschlafen."

„Geht das auch kürzer?"

Glatzl war schon wieder ungeduldig.

Jetzt erwachte Luksch offensichtlich aus seinen Träumen:

„Ja, natürlich. Unsanft wurde ich aus meinem Schlummer gerissen.

Als ich die Augen öffnete, sah ich in die verzerrte Fratze eines jungen Mannes. ‚Du Schwein!‘, schrie dieser.

‚Was zum Teufel?!‘, ächzte ich.

‚Du vögelst mit deiner eigenen Tochter!‘

Das war für mich ein Riesenschock. Es war der Sohn einer meiner Mitarbeiter, Roland Rieder. Woher hatte er diese Information? Weiter konnte ich nicht denken, denn der Junge riss mich hoch, versetzte mir einen Stoß, so dass es mich quer durch den Raum schleuderte. Ich war mit einem Male munter. Ich versuchte, den Rasenden mit den Händen abzuwehren, jedoch trat dieser mit den Füßen nach mir. Auf allen Vieren kriechend meinte ich nun, den Tritten zu entkommen. ‚Du wirst deine Tochter nie mehr angreifen!‘, schrie er mich an. Erst nach einem Schlag auf den Kopf brach ich bewusstlos zusammen.

Nach dem Erwachen war mir klar, dass ich etwas unternehmen musste!"

„Und Sie haben etwas unternommen?"

„Ich war nun erpressbar und hatte keine Ahnung, was dieser Roland vorhaben mochte. Ich verschaffte mir über den Vater seine Handynummer, rief ihn an, um ihn beim Gartenhäuschen zu treffen und eventuell zu verhandeln. Als ich auf dem Weg zufällig meinen ehemaligen Angestellten Gerhard Riegler traf und er mich bat, ihn wieder anzustellen, kam mir die Idee. Als Arbeitsloser und Obdachloser würde er alles tun, um seine Situation zu ändern. Außerdem war er wegen eines Brandanschlages vorbestraft. Das würde ihn sofort verdächtig machen, wenn man ihn unmittelbar nach einem Mord am Tatort finden würde. Dafür sorgte ich. Ich erschoss den jugendlichen Erpresser und bestellte

Riegler zur Hütte. Ich drehte das Gas meines Grillofens ein wenig auf, damit ich mir ein Alibi verschaffen konnte. Ich fuhr auf schnellsten Weg in meine Firma und machte dort Rabatz. Jeder würde bestätigen, dass ich zur Tatzeit dort war. Es war klar, dass der starke Raucher das Gas zur Explosion bringen würde.“

„Dass Ihre Tochter vorhatte, das Ende zu besiegeln, kam Ihnen in die Quere!“, warf Thiemig angeekelt ein.

„Ich hatte doch keine Ahnung, dass Christa dort sein würde, um unser Bett zu verbrennen. Ihr sollte doch nichts passieren!“

„Sie haben Christa ja doch auch ermordet!“

„Das habe ich nicht! Warum sollte ich das tun? Sie hat mich seit zehn Jahren nicht verraten. Nein, nein! Das hängen Sie mir nicht an. Das war ein Selbstmord aus Verzweiflung!“

„Sie wollten es so aussehen lassen. Leider gab es etwas, was Sie nicht wussten: Sie hat unmittelbar davor einen Notruf abgegeben. Außerdem – sie war schwanger! Ein Selbstmord war daher sehr unwahrscheinlich. Wir haben zudem das Handy bei Ihnen zuhause gefunden! Bei Selbstmord hätte das Handy bei der Leiche sein müssen!“

Glatzl ärgerte sich wieder einmal über den Einwurf Thiemigs.

Das war nun für Christian Luksch neu und er brach endgültig zusammen.

„Sie hat mit mir Schluss gemacht! Ich konnte sie gerade noch aus euren Fängen reißen, bevor sie eine Aussage machen konnte. Sie war nun auch eine Gefahr für mich und meine Pläne. Dieser Roland war ihr Freund und sie würde seinen Tod an mir rächen. Ich musste sie beide töten. Ich versuchte, es bei Christa als Selbstmord zu tarnen. Von dem Notruf und von der Schwangerschaft wusste ich nichts!“

Er saß da, mit den Händen vor dem Gesicht und bemitleidete sich selbst.

Er wurde verhaftet und Staatsanwältin Eleonore Mayereder konnte ihrem Freund und Untersuchungsrichter Erwin Kratochwil eine Erfolgsmeldung bringen.

                                                    2021

Der Autor

Otto Pikal wurde 1944 geboren und verbrachte
die ersten Lebensjahre bei seinem Onkel. Sein
Vater kehrte nach dem Krieg nicht heim und seine
Mutter heiratete erneut. Der Stiefvater verfiel bald
dem Alkohol und der Junge versuchte dem durch
Ausflüge in die Natur – oder die Bibliothek von
Rodaun – zu entfliehen.
Er erlernte das Tischlerhandwerk und war später als
Taxiunternehmer tätig. Seine Frau begleitete er oft
auf Literaturveranstaltungen, was ihn dazu brachte,
sich auch als Autor zu betätigen.
Durch einen Beinbruch wochenlang ans Bett
gefesselt schrieb er seinen ersten Roman „Das Erbe
der Atlanter". Er wagte sich auch an das Genre
der Lyrik heran, viele seiner Gedichte sind von
christlichen Werten geprägt. Sein Werk „Trotzdem
lebe ich" ist eine autobiografische Reflexion, die
Einblick in die Seele eines geprüften Menschen
verschafft, der nach einer wundersamen Genesung
als Kind und vielen Verirrungen den Weg zu
seinem Heiler gefunden hat.

Der Verlag

„Wer aufhört besser zu werden, hat aufgehört gut zu sein!

Basierend auf diesem Motto ist es dem novum Verlag ein Anliegen, neue Manuskripte aufzuspüren, zu veröffentlichen und deren Autoren langfristig zu fördern. Mittlerweile gilt der 1997 gegründete und mehrfach prämierte Verlag als Spezialist für Neuautoren in Deutschland, Österreich und der Schweiz.

Für jedes neue Manuskript wird innerhalb weniger Wochen eine kostenfreie, unverbindliche Lektorats-Prüfung erstellt.

Weitere Informationen zum Verlag und seinen Büchern finden Sie im Internet unter:

www.novumverlag.com